DEUX MOIS A LILLE

PAR

Un Professeur de Musique.

LILLE

IMPRIMERIE Mᵐᵉ BAYART, PLACE DE RIHOUR, 11

— 1868 —

V

DEUX MOIS A LILLE.

DEUX MOIS A LILLE

PAR

UN PROFESSEUR DE MUSIQUE.

LILLE

IMPRIMERIE Mme BAYART, PLACE DE RIHOUR, 11

— 1867 —

DEUX MOIS A LILLE

CHAPITRE Ier

Du caractère Lillois,
De l'accueil qu'on fait à Lille aux étrangers en général,
et qu'on y a fait à l'Auteur en particulier.

Il y a longtemps qu'on a parlé pour la première fois de la froideur des Lillois à l'égard de l'étranger, froideur que même la présentation à l'anglaise ne suffit pas toujours pour faire disparaître, froideur non seulement signalée par des auteurs écrivant à différentes époques, mais existant encore aujourd'hui : ainsi, tel fonctionnaire a cru à tort que sa haute position administrative devait, dès son arrivée, lui faire ouvrir toutes les portes, et tel négociant dont le crédit est aujourd'hui solidement assis, a dû, dans ses débuts, malgré sa ~~grande probité, se heurter contre les marques les moins équi~~voques de la défiance générale.

Il ne faut cependant pas reprocher aux Lillois avec trop d'amertume leur réserve systématique, et l'étranger doit se dire que, s'il a pu jouir dans son pays de la considération publique et de l'estime de tous, ses nouveaux concitoyens l'ignorent absolument, et que, même sur des recommandations favorables, ils ne peuvent raisonnablement lui ouvrir leur intérieur, avant de bien savoir dans quelle voie il marche, quelle est sa moralité, quelles sont ses habitudes, ce qui dans une grande ville ne peut être connu qu'au bout d'un certain temps.

Pourquoi, après ample connaissance, ne lui rendrait-on pas justice, lui refuserait-on la confiance qui ne lui a jamais fait défaut ailleurs ?

Je dois dire à la louange des habitants de cette grande cité que jamais je n'y reçus mauvais accueil ; mais j'y ai subi l'impression des différents degrés qui existent sur le thermomètre des relations sociales entre la glace de l'indifférence et la chaleur de la cordialité.

Jusqu'alors, les artistes qu'il m'a été donné de connaître m'ont toujours fait la réception la plus sympathique. Dois-je l'attribuer au peu d'ombrage que je leur porte, ne désirant faire qu'un petit nombre d'élèves ? Non ! je préfère trouver le motif de leur accueil fraternel dans la générosité de leur caractère.

Quant aux personnes en dehors de l'art musical par leur profession, j'ai trouvé dans plusieurs familles les relations les plus agréables, tant par le bon goût artistique qui y règne que par les conversations attrayantes qu'on y entend : les lettres et les sciences sont cultivées à Lille, l'archéologie, la numismatique ont de fervents adeptes, et au milieu des préoccupations matérielles de l'industrie, on sait encore vivre intellectuellement.

CHAPITRE II.

La Musique dans les rues et jusque dans le parler.

Ceci est positif : on parle beaucoup des cris de Paris, et certains compositeurs ont trouvé dans les annonces des marchands ambulants des formes assez musicales pour qu'ils les aient reproduites et colligées dans des morceaux de danse spéciaux ; je ne sais si jamais on a fait de même à Lille, mais certainement il y aurait matière pour un auteur qui aimerait à traiter la musique imitative.

Je n'ai pas encore trouvé le temps de savoir à quelles industries appartiennent tous ces cris qui retentissent chaque matin dans ma rue Esquermoise, avant même qu'il fasse jour; cependant, j'ai remarqué différentes manières d'annoncer

leurs produits particulières aux charbonniers : l'une se tra-
duit en langage technique par une *ronde* dans le mouvement
d'adagio sur la syllabe *char* et tombant par un intervalle
d'un ton sur la syllabe *bon*, à laquelle le crieur-chanteur
donne une durée de croche. *Lugubre etristamente.*

Un autre vendeur de charbon place le nom de sa mar-
chandise sur un *intervalle de quarte supérieure*, qui rappelle
les réponses de basse du trio du premier acte de *Gazza ladra.*
Tempo giusto.

Mais, quoi de plus musical, de plus empreint de sentiment
que cette phrase touchante par laquelle le marchand de mou-
lins à vent en papier invite les parents à récompenser leurs
enfants sages ? Cela rappelle pour la forme mélodique les noëls
provençaux du bon roi René.

A Lille, quand on ne connaît pas encore suffisamment
l'étranger pour lui ouvrir son cœur, on conserve, en lui par-
lant, à toutes les syllabes de la phrase une inflexion mono-
tone et qui ne varie pas d'un *coma*, s'il est permis à l'oreille
humaine de percevoir cette différence mathématique; mais
êtes-vous mieux connu, on s'informe avec intérêt et en
musique de votre santé, de vos affaires, de vos plaisirs :

    « A - vez - vous é - té voir Ro - land hi - er? » sur
l'air *do do   do do do do do sol sol sol.* Intervalle de *quinte supérieure.*

CHAPITRE III.

La Musique au Théâtre.

La scène du Grand-Théâtre est tenue actuellement par des artistes d'un mérite peu commun en province ; mais les conserverons-nous longtemps ? De brillantes propositions, paraît-il, leur arrivent de tous côtés, et M. Aubert, notre vaillant Roland, ne se laissera-t-il pas entraîner dans les défilés lointains d'un Roncevaux théâtral, où il peut être sûr de moissonner les lauriers du héros qu'il représente, sans avoir à craindre sa fin prématurée ?

Les chanteurs nous conduisent naturellement à parler de leurs satellites les choristes, qui pèchent à Lille comme dans la plupart des autres villes ; on paie trop peu ces aspirants artistes, et celui ou celle qui se sent un peu de voix vise à parvenir par le travail à chanter les premiers rôles et ne reste généralement pas dans les chœurs.

J'ai entendu, c'est cependant l'exception, critiquer vivement l'orchestre et lui refuser même *la mesure*, cette première qualité de tout ensemble musical. Voici franchement l'opinion que me dicte ma position indépendante : si l'Orchestre du Grand-Théâtre ne vaut pas celui du Grand-Opéra de Paris, il renferme du moins un certain nombre d'exécutants qui n'y seraient nullement déplacés, et l'on peut en toute sûreté aller voir jouer une œuvre sérieuse sur la première scène lilloise ; l'auditeur le plus difficile pourra garder de l'exécution un souvenir très honorable pour les chanteurs, pour l'orchestre et son chef expérimenté, et enfin pour la direction qui, dans la mise en scène, fait preuve de goût et d'intelligence.

Il m'arrive souvent, quand j'ai à faire un voyage d'une certaine durée, de prendre les *premières* jusqu'au prochain changement de train, là de passer dans les *troisièmes* et enfin de terminer mon voyage en *secondes*, cela dans le seul but d'observer la différence d'habitudes, de langage, et de recueillir les opinions variées de chaque classe de la société sur le premier sujet venu que je propose à mes compagnons de voyage.

Cette manie, car on m'a déjà prévenu que c'en était une, je l'emporte au théâtre, et j'aime assez, quand je vois jouer un opéra, recueillir un peu à droite et à gauche l'opinion de chacun. C'est ainsi que j'ai entendu dans la classe éclairée des appréciations pleines de tact et de finesse, de même que dans les sphères aériennes du *paradis* des réflexions marquées au coin de l'intelligence m'ont prouvé l'existence du bon sens musical jusque dans la classe ouvrière.

Mais à toute médaille il y a un revers. J'assistais ces jours derniers à la représentation d'un opéra pour lequel je professe, à mon faible sens, une grande estime ; installé dans un fauteuil d'orchestre, j'avais deux voisins fort aimables, et avant que la représentation fût commencée, il s'était établi entre nous une conversation assez suivie qui m'avait appris que mes interlocuteurs n'étaient pas musiciens, et n'avaient d'autre connaissance de l'art que celle acquise par la fréquentation assidue du théâtre.

J'avais entendu à Paris des gens qui font autorité en musique exprimer sur cette œuvre l'appréciation la plus favorable ; aussi l'on peut juger de ma stupéfaction en entendant dire que le premier acte était *détestable* et l'ouverture *décousue*. Cependant, revenu un peu à moi, j'essayai de défendre l'ouvrage, mais ce fut en vain, et je saluai mes voisins, me promettant d'être entièrement de leur avis, quand ils auraient su trouver quel fil il fallait pour *recoudre* l'étoffe.

De l'orchestre, je passai dans une loge dont les deux premières places étaient occupées par deux dames ayant pour cavalier un monsieur endormi profondément dans l'ombre du fond et qui ouvrit un œil pour me regarder entrer, mais le referma bien vite dès que j'eus pris place à côté de lui. Les charmants détails dont le deuxième acte est rempli pouvaient me faire croire que mon voisin ne fermait les yeux que pour mieux les entendre, et le silence des deux dames pouvait s'interpréter par l'intérêt que leur inspirait la pièce ; quand l'une d'elles, rompant cette placidité que je prenais pour de l'attention soutenue, dit à sa voisine : « M⁻ˢ X a une bien jolie robe. — Oui, répondit l'autre dame, c'est une robe qui durera tout l'abonnement. » Cependant l'acte tirait à sa fin, le rideau se baissa, le musicien dormait toujours, et les dames continuant, en fait d'impressions musicales, à se communiquer leurs réflexions

sur les toilettes, je quittai la loge et me dirigeai vers le par-
terre, afin d'y entendre le reste de l'opéra.

Là, je liai connaissance avec des amateurs intrépides, habitant la banlieue, mais ne manquant aucune représentation,
quelque temps qu'il fît. De mes trois nouveaux voisins, un seul
avait la parole et était religieusement écouté par ses deux com-
patriotes. Selon lui, il y avait dans leur orphéon de *** des
chanteurs qui avaient bien autrement de voix que les artistes
de la scène. « Et notre fanfare, monsieur, si vous l'entendiez
enlever un pas-redoublé ? »

— Cependant, dis-je modestement, il me semble que le
baryton ne va *pas trop mal*, et que l'orchestre joue *assez en
mesure*.

— Ah ! monsieur, soit dit sans vous offenser, on voit bien que
vous n'êtes pas musicien ; je ne veux pas me faire regarder
pour cela comme un *grand artiste*, mais j'aime la musique, je
la protège et j'apporte avec bien du plaisir mon concours à
nos deux Sociétés philharmoniques.

Là-dessus arriva le final, couvert dans toute la salle par
de chaleureux applaudissements auxquels mon bon voisin,
malgré sa critique, donna un puissant *concours*, agissant ainsi
avec autant de générosité qu'à l'égard des musiques de son
pays. Mais, pardonnez-moi les écarts de mon imagination !
je ne sais pourquoi je me représentai le Mécène de*** ou mou-
chant complaisamment les chandelles à la répétition , ou ser-
vant de pupître en tenant la partie devant l'exécutant, ou
bien portant la grosse-caisse sur son dos dans les promenades
militaires de la fanfare.

Le théâtre des Variétés a, lui aussi, son importance dans
un cadre plus modeste. Je ne puis trop en parler, n'y ayant
assisté jusqu'à présent qu'à un petit nombre de représen-
tations.

J'y ai revu avec plaisir Mᵐᵉ Daynes-Grassot , qui faisait

il y a quelques années les délices d'une scène secondaire de province. On se disait alors : « Nous ne la conserverons pas, son rare talent l'appelle dans une grande ville. » C'est ce qui est arrivé. Mme Daynes, chanteuse agréable, comédienne intelligente, réussissant dans tous les genres, est de ces artistes qui peuvent se demander : « *Quo non ascendam?* » car le dernier mot n'est pas dit sur elle.

Je terminerai ce chapitre en signalant l'ennui qui résulte pour le public dans les deux théâtres de n'entendre l'orchestre que quand il y a opéra ; un maigre quatuor est une bien pauvre introduction à une représentation dramatique ; une belle ouverture exécutée pour ouvrir la séance coûterait peu de travail à l'orchestre du Grand-Théâtre, et celui des Variétés, moins nombreux, a cependant encore quelques ressources qui ne sont pas à dédaigner. Je ne veux pas oublier son chef, M. Daynes, dont j'ai apprécié ailleurs qu'ici la modestie et l'habileté. »

CHAPITRE IV.

La Musique dans les Concerts.
Concerts du Cercle du Nord et autres.—Soirées artistiques et Soirées bachiques.
Concerts de Saint-Joseph. —Cafés-Concerts.

Il s'organise à Lille peu de grands concerts. Nous n'avons eu cet hiver que ceux de Carlotta Patti. Le Cercle du Nord, en nous faisant entendre les célébrités artistiques parisiennes ou cosmopolites, porte d'avance une concurrence redoutable à toute autre entreprise de concert, et à part le mérite des artistes que l'on fait venir, nous jouissons de plus d'un orchestre marchant dans une très bonne voie. J'insiste sur ce point, parce qu'à mon avis, un concert n'est complet que quand il est ouvert dans ses deux parties par des morceaux d'orchestre ; je voudrais même qu'on y entendît

2

à chaque séance des chœurs avec ou sans accompagnement, et notre intelligente Commission de musique peut, quand elle le veut, ajouter un attrait de plus à ses programmes, les ressources vocales n'étant pas inférieures ici aux ressources instrumentales.

Le Cercle donne tous les ans à ses abonnés quatre concerts et deux soirées ; l'orchestre joue à chaque séance, et la seule différence consiste en ce que les solistes qui se font entendre dans les soirées sont de la ville, tandis que les concerts produisent seulement des artistes étrangers ou même appartenant au Grand-Théâtre. Les soirées sont généralement moins courues que les concerts : certaines personnes ne trouvant pas un attrait suffisant dans l'audition d'artistes de la ville qu'on coudoie tous les jours. Telle n'est pas ma manière de voir : il n'est que juste d'encourager les artistes de la localité, et, du reste, Lille possède des exécutants qui n'ont plus besoin d'encouragements et qui peuvent légitimement réclamer leur part des applaudissements réservés aux artistes de passage.

Différents organes de la presse lilloise ont attaqué, souvent d'une façon spirituelle, la mesure prise par l'Administration du Cercle qui assigne aux dames seulement les banquettes de côté et place les hommes sur celles du milieu. Beaucoup de mes co-sociétaires se sont élevés contre cet aménagement qui les prive du plaisir bien naturel de se trouver auprès de leur épouse ou de leur fille, souvent placées à côté de dames qu'elles ne connaissent pas et avec lesquelles il leur est maintes fois difficile de lier conversation ou d'échanger leurs impressions. Quant à moi, n'ayant ni femme ni fille à mener au concert, je ne me plaindrai pas pour mon compte de l'arrêté administratif et je me bornerai à signaler les différentes manières dont il est apprécié.

J'ai entendu dire que cet arrangement avait été pris comme plus favorable aux toilettes des dames, qu'il met mieux en vue. C'est une question de coup-d'œil, soit ; mais l'idée primitive me paraît susceptible de perfectionnement : souvent deux nuances trop rapprochées jurent au plus haut point, et pour sauvegarde les préceptes de l'harmonie des couleurs, il serait bon, je crois, de même qu'on a institué une Commission musicale, d'instituer une Commission coloriste qui procéderait à la classification des toilettes, de façon à ce qu'aucune ne nuise à l'effet de l'autre. Je ne pense pas qu'aucune dame se refuse à être placée de la façon la plus avantageuse pour ses atours, et j'attire sur ce sujet les réflexions des amateurs du beau et du vrai progrès.

Un des meilleurs artistes de l'orchestre voit avec douleur le public masculin détourner son attention de l'exécution pour la concentrer sur la brillante assemblée qui tapisse les deux côtés de la salle. Je ne prendrai pas ma part de ce reproche, car je suis tellement ébloui par ce scintillement de parures et ces couleurs disparates que je ne perds pas de vue un instant l'orchestre ou les solistes.

La séparation des deux sexes trouve des approbateurs au point de vue de la morale.— C'était à l'avant-dernier concert : Pendant l'entr'acte, je m'étais approché de la rangée de dames pour causer ; tout près de nous étaient assises une mère et sa fille conversant avec deux messieurs dont l'un paraissait être le père et l'autre un ami de la famille. — « On a eu bien raison, disait la dame, de nous placer à part. Croyez-vous qu'il nous serait bien agréable, à mon mari et à moi, de voir un *monsieur* que nous ne connaîtrions pas venir se placer à côté de notre fille ? » Mes interlocutrices et moi trouvions cette morale plus qu'étroite. Si la séparation n'eût pas existé, ces époux si prudents auraient pu certainement former à droite et à gauche de leur fille une barrière infranchissable. — « Au surplus, me disais-je, cela n'est que précaution ; on n'en saurait trop prendre. »

La deuxième partie du concert allait commencer ; je regagnai ma place sans penser davantage à cet incident, quand, quelques jours après, j'allai aux Variétés : on y jouait une pièce qu'on m'avait dépeinte comme étant pleine de ce vieil esprit gaulois que d'impudents auteurs croient remplacer de nos jours par des plaisanteries équivoques et licencieuses ; mais on m'avait bien mal renseigné, car il s'en fallait de peu que l'ouvrage tombât dans l'obscénité. Aussi, sans attendre même la fin de l'acte, je sortis de la salle me proposant de n'y rentrer que pour la seconde pièce annoncée sur le programme. Mais, en jetant un dernier regard sur les spectateurs, quel ne fut pas mon étonnement d'apercevoir les austères parents de l'autre fois faisant assister à cette triste représentation leur fille qui paraissait y prendre beaucoup d'intérêt ! J'avoue que mon premier mouvement fut l'indignation ; mais ce n'est réellement qu'avec pitié qu'il faut envisager une telle inconséquence.

Il est, je crois, sans exemple en France qu'un Cercle procure à ses membres, indépendamment des avantages sociaux attachés à ce genre d'établissement, le plaisir d'entendre de beaux concerts, et l'on peut donner cette qualification sans réserve : les plus grandes célébrités musicales sont venues au Cercle du Nord, et l'orchestre, composé d'artistes de talent et de bons amateurs, se comporte vaillamment. Je vais commettre ici une petite indiscrétion : Par une faveur toute spéciale, j'ai assisté à une répétition de l'orchestre. Il est impossible de conduire plus consciencieusement et plus convenablement que M. Paul Martin, qui sait insister sur l'exécution d'un passage difficile sans froisser l'amour-propre de personne. Quant à son mérite de soliste, un disciple bien-aimé d'Alard a-t-il besoin de félicitations dont il doit être rebattu et que son glorieux titre lui acquiert légitimement avant même qu'on l'ait entendu ?

Nous avons en M. Lefebvre un accompagnateur bien précieux et dont les artistes étrangers qui ont contribué à nos concerts gardent un excellent souvenir.

Mais, il faut tout dire, deux choses me choquent : Le piano est d'Erard, me dit-on ; est-il neuf ? est-il déjà ancien ? Je l'ignore. Mais je lui trouve, à partir du *medium* jusqu'à *l'aigu*, les tons secs et durs d'un vieil instrument. J'ai joué à Lille quelques pianos qui n'ont pas coûté son prix et qui lui sont supérieurs comme qualit . Enfin, les timbales sont bien mauvaises, surtout la plus grosse, dont les notes graves sont à peine appréciables à l'oreille, et qui conviendrait mieux pour faire danser *la bamboula* aux nègres de la Guyane que pour un orchestre bien composé sous tous autres rapports. Qui donc a eu l'idée de faire barbouiller de peinture les deux timbales? est-ce pour leur enlever encore un peu de cette sonorité qui leur fait déjà suffisamment défaut par leur construction vicieuse?

Les Sociétés chorales et instrumentales de Lille donnent aussi des concerts ou des soirées artistiques, appelées le plus communément soirées *bachiques*. Ce mot épouvante d'abord un peu l'étranger pacifique. A quelle orgie, à quelles saturnales va-t-il assister? Cependant, rien de tout cela n'a lieu. Ce terme de soirées *bachiques* vient de ce qu'on a la faculté de boire et de fumer en entendant la musique. J'ai assisté à ces réunions et je n'y ai jamais vu de bacchantes. Notons en passant que Gambrinus y est plus fêté que Bacchus. Il faut toujours s'armer de bienveillance en venant à ces séances, non seulement parce que la plupart des solistes pour la voix sont des amateurs, mais aussi parce que la fumée de tabac est très contraire à l'exercice des voix et des instruments à vent.

Il y a loin de cette tolérance des Lillois à ce qui se passait il y a quelques années dans ma ville natale. Le colonel d'un des régiments en garnison était mélomane; il mettait souvent sa musique à contribution, et non content de lui faire servir en abondance des rafraîchissements, il apportait tous ses soins à ce que l'exécution eut lieu dans les meilleures conditions possibles; aussi, dès qu'un fumeur s'approchait trop près des musiciens, il était prié très poliment par un sapeur, au nom du colonel, de vouloir bien reculer afin de ne pas incommoder les exécutants par sa fumée.

Le Cercle de Saint-Joseph, société formée dans le but louable de donner à la jeunesse une bonne direction morale, organise quelquefois aussi des concerts. Un peu plus de répétitions serait nécessaire; mais enfin, les choses se passent en famille, et il ne faut pas être trop exigeant.

Je sais qu'il existe aussi des Cafés-concerts, un Eldorado; mais je ne les connais pas et ne les cite ici que pour mémoire. J'ai entendu à Paris Thérésa pendant cinquante secondes, et la terreur que j'ai de rencontrer quelqu'une de ses disciples me fait éviter comme la peste tous les Cafés-concerts. Le genre *Thérésa* est d'ailleurs le seul que je ne puisse admettre en musique : mélomane éclecticien, je cherche le beau et le vrai et l'admire partout où je le trouve, dans la *romance* comme dans l'*oratorio*, dans l'*ouverture* comme dans la *symphonie,* dans le *quadrille* comme dans la *marche funèbre.*

CHAPITRE V.

La Musique dans les Eglises.

Il s'en faut de beaucoup que je connaisse encore toutes les paroisses de Lille ; ceci viendra avec le temps, et je ne puis parler que des quelques églises que j'ai visitées : le point important pour moi est que généralement ici, dans l'exécution de la musique sacrée, le bon goût musical est uni au sentiment religieux; on sort assez volontiers de la monotonie du rit romain, et les organistes, dans leurs improvisations comme dans le choix de leurs morceaux, n'oublient pas le caractère sacré du Temple.

Saint-Etienne me paraît être l'église où l'on entend la meilleure exécution. Est-ce parce que depuis deux mois c'est ma paroisse ? Je ne le crois pas ; mais j'avoue que le dimanche, à part la satisfaction que donne l'accomplissement d'un devoir, j'y assiste volontiers aux offices, qui y sont célébrés d'une façon très digne et fort bien entendue.

L'usage à Lille est de faire accompagner les voix par un ou deux *ophi-barytons,* car tel est le nom le plus convenable à l'instrument muni de clefs qui a remplacé avec avantage l'ophidien traditionnel ; cependant, par la force de l'habitude, la dénomination de *serpent* à prévalue. Cet intrument vulgairement ridiculisé est joué avec beaucoup de goût, à St-Etienne. J'en causais dernièrement avec un paroissien de la Madeleine qui m'a de suite fait l'éloge de son *serpent.* Je le crois volontiers : il n'y a pas de raison pour que Lille ne possède pas plusieurs *serpentistes* de talent.

On adjoint souvent aussi et avec raison la contrebasse à cordes aux serpents. St-Etienne a de plus, chose assez inusitée, un *sax-horn alto* pour accompagner les enfants de chœur ; mais l'accompagnement le plus varié en instruments est celui de l'église Ste-Catherine, où j'ai remarqué le jour de Noël un serpent basse, un autre qui sonne la quinte, une contrebasse à cordes, un basson, et enfin un trombone à coulisse ; le serpent et la contrebasse, surtout le premier, se mêlent parfaitement à la voix des chantres, mais le basson et le trombone, qui sont bien véritablement à l'orchestre, l'un la vraie basse des instruments à vent en bois, l'autre la vraie basse des cuivres, ne conviennent pas comme basses d'un ensemble vocal. On s'est déjà bien trouvé de faire accompagner des voix d'hommes par un quatuor de trombones, mais un seul trombone isolé ne se fond nullement avec le chœur, et par la nature de son timbre mordant fait bande à part, ce qui est de mauvais effet.

Je disais tout à l'heure qu'ici on ne s'en tenait pas purement et simplement au plain-chant : à l'appui de ce que j'avance, et sans sortir de Ste-Catherine, je rappellerai la cérémonie qui eut lieu dernièrement dans cette église à propos de l'œuvre des Missions étrangères, et à laquelle M. de Vogelsang, amateur distingué, M. Paul Martin, violoniste, Mlle Mezerai, harpiste du théâtre, avaient apporté leur concours; là on a pu apprécier quelle justesse, quel ensemble, quel fini de phrasé Mlle Beauclair, le professeur de chant que Lille doit être fière de posséder, sait donner à son petit peloton d'élèves du Conservatoire.

Mais ceci ne me suffit pas : je voudrais, les jours des grandes fêtes de l'Eglise catholique, entendre exécuter quelques belles messes avec orchestre de Cherubini ou de Lesueur, et les ressources instrumentales et vocales dont Lille dispose le permettraient facilement ; à part le culte que l'art en recevrait, quand même ces cérémonies imposantes n'auraient d'autre but que de faire venir trois ou quatre fois par an à l'église des personnes qui n'y mettent jamais le pied, où serait le mal ? Tout le monde, malheureusement, ne possède pas en soi la force ascensionnelle nécessaire pour élever son âme vers le ciel ; à beaucoup de nous il faut un excitant qui *tombe sous nos sens;* or, quel plus noble stimulant que la musique ? Soit qu'elle éclate en fanfares d'allégresse dans un *Te Deum,* ou que dans le *Requiem* de Mozart elle rappelle à ceux qui ont pu l'oublier le grand jour de la justice, la musique peut être pour la religion un puissant auxiliaire, de même qu'elle est l'agent le plus actif de moralisation.

CHAPITRE VI.

De l'Académie impériale de musique
et des Sociétés chorales et instrumentales.

Le Conservatoire de Lille possède en M. V. Magnien un directeur savant et expérimenté ; les classes sont tenues par d'habiles professeurs, et les distinctions dont furent honorés au dernier voyage de l'Empereur MM. Baumann et Lavainne n'étaient que justement méritées. Bien avant que je connusse cette ville, j'avais entendu au Conservatoire de Paris faire l'éloge en général de tous les élèves envoyés par la succursale de Lille.

La classe de violon, dirigée par M. P. Martin, produit chaque année, me dit-on, plusieurs bons sujets. J'ai déjà eu l'occasion d'en rencontrer un bel échantillon dans la personne de M. Galle.

Les classes de cor et de basson ont aussi de nombreux élèves : on sait que la plupart des bassonistes de Paris proviennent de Lille. L'étude suivie de ces deux instruments, aussi difficiles que précieux, tourne au profit des orchestres et des sociétés de musique. L'art musical militaire doit beaucoup à MM. Bénard et Delannoy pour la conservation des anciens instruments de l'orchestre dans leurs riches harmonies des Pompiers et des Canonniers. J'ai toujours soutenu par ma plume et par la pratique ce système d'organisation qui seul du reste a donné la victoire aux Prussiens et aux Autrichiens sur les étrangers, les musiques militaires qui ont concouru cet été à Paris pouvant être mises *ex œquo* sous le rapport du fini de l'exécution.

Je n'ai pas encore entendu les Sociétés de fanfare ; quant à l'Orphéon impérial et à l'Union chorale, je répéterai ce que j'ai déjà dit dans *l'Abeille*, d'après le chœur des *Fils d'Egypte* exécuté par les deux Sociétés : l'énergie bien rare chez des chanteurs que M. Boulanger exige, assure aux Orphéonistes le triomphe dans un concours en plein air ou au moins dans un vaste local, tandis que M. Larsonneur ne demande à ses voix que la somme de sonorité suffisante pour remplir une salle de dimension ordinaire.

CHAPITRE VII.

La Musique classique à Lille.

On cultive à Lille tous les genres de musique classique, depuis la modeste sonate jusqu'à la symphonie à grand orchestre. Comme interprêtes de cette dernière spécialité, il convient de mentionner d'abord l'orchestre du Cercle du Nord, qui a déjà fait entendre avec succès plusieurs œuvres applaudies dans les concerts de Pasdeloup; il faut citer ensuite, chose rare en province, les réunions privées qui se tiennent chez un amateur distingué, dans le but d'exécuter les symphonies des anciens maîtres, réunions qui comptent jusqu'à trente ou quarante musiciens sous la direction d'un pianiste compositeur bien connu.

Chaque année, pendant le Carême, des séances de quatuors, sorte de concerts spirituels, ont lieu dans la salle de l'Académie de musique. Je n'ai encore qu'entendu parler de ces auditions très suivies, paraît-il ; mais ce que je connais déjà du mérite individuel de M. P. Martin, premier violon, et de ses conjoints, ne me laisse aucun doute sur la valeur de l'ensemble.

Enfin, dans des maisons particulières on exécute aussi des quatuors et tous les genres possibles de compositions classiques : sonates, trios, quatuors pour quatre instruments à cordes ou pour piano, violon, alto ou violoncelle, quintettes, septuors (ceci est plus rare), et même des doubles-quatuors et des octuors. Ces réunions ont lieu avec ou sans le concours d'artistes : on trouve ici, pour les instruments à cordes, des amateurs qui ne sont pas à dédaigner, et dans les dames, des pianistes qui mènent rondement jusqu'à la fin la lecture à première vue d'un trio ou d'un quatuor.

Il n'est pas à ma connaissance que l'on joue à Lille les œuvres classiques pour instruments à vent écrites par les maîtres anciens et modernes ; toutefois, les ressources qui existent ici dans ce genre en permettent facilement l'exécution.

La question de la musique de chambre dans les salons paraît d'abord délicate à traiter : une séance publique est, par son caractère, accessible à toutes les critiques ; mais il est beaucoup plus épineux de porter le flambeau de l'investigation jusque dans un intérieur musical privé, régi tout naturellement par le double principe du *chacun chez soi* et *chacun pour soi*. Cependant, comme les faits que je vais énoncer se passent dans des maisons dont je m'honore d'être l'ami, j'espère, m'abstenant de toute personnalité, pouvoir arriver à traiter mon sujet sans froisser la susceptibilité de personne.

Ainsi que je le disais tout à l'heure, la musique est en honneur à Lille, elle y reçoit, à l'égal des autres connaissances humaines, un culte assidu, même de la part de ceux qui n'en font pas profession. Mais cette passion si vive, quand elle n'est pas réglée, tourne souvent au détriment du fini de l'art, en ce que beaucoup d'amateurs, forts de leur facilité de lecture, voient sans cesse du nouveau sans rien approfondir et ne gardent de l'œuvre déchiffrée que l'idée incomplète résultant d'une première exécution.

— « Nous sommes amateurs et nous faisons de la musique pour nous amuser, me répondait-on dernièrement à ce sujet.

— » Très bien, si vous faisiez comme chez certaines personnes où l'on ferme la porte à ceux qui ne jouent pas; mais vous avez toute une galerie d'auditeurs....

— » Qui ont le droit de se retirer s'ils ne prennent pas de plaisir à la réunion.

— » Votre accueil est trop aimable pour qu'ils se permettent cette grossièreté : ils resteront jusqu'au bout; mais le lendemain, il pourra bien arriver qu'on porte sur l'exécution de la veille des jugements mérités mais peu flatteurs pour votre amour-propre.

— » Des amateurs n'ont pas d'amour-propre.

— » Des amateurs, c'est possible; mais vous associez des artistes à vos récréations musicales : par cette seule raison qu'ils sont artistes, ils doivent avoir l'amour-propre de la perfection. Croyez-vous qu'ils se contentent d'exécuter une seule fois ces mêmes œuvres que les grands maîtres comme Alard, Franchomme et autres ne veulent jouer en public qu'après de longues études partielles et simultanées? »

La passion absolue de la musique de chambre, à l'exclusion de tout ce qui n'est pas classique, trouve ici de fervents adeptes. Pour eux, qu'est-ce que Rossini? un petit cuistre italien qui a essayé de faire des quatuors, mais qui ne sera jamais rangé (cela est certain) dans les bons auteurs de musique de chambre. Jamais leur salon ne retentit d'une noble phrase de Meyerbeer : hors de la musique classique, point de salut.

J'assistais, il n'y a pas bien longtemps, chez des amis, à la lecture à première vue d'un quatuor pour instrument à cordes : l'*allegro*, l'*andante* et le *minuetto* réussirent tant bien que mal, et si l'on n'y goûta pas les nuances qui ne peuvent être données qu'à un morceau bien compris et bien su, du moins y eut-il ensemble et la note fut-elle faite ; mais ensuite arriva le *scherzo :* là, après un court sujet proposé par le violon, on devina instinctivement de loin l'approche de la fugue ; en **effet**, c'est bien elle : mais bientôt, s'affranchissant des liens qui la retiennent, oubliant combien de dièzes sont écrits à la portée, elle cesse brusquement d'être tonale et se jette à corps perdu dans les modulations les plus imprévues et les plus ingrates pour l'oreille. Que font alors nos exécutants ? Le deuxième violon se perd dans sa partie, sans rien comprendre à celles de ses voisins, et ne croit pas pouvoir mieux faire que de presser le mouvement ; le violoncelle régulateur de la mesure retarde par opposition, et le premier violon, qui sent que son second le serre de près et va bientôt lui marcher sur les talons, prend un galop précipité ; seul, l'alto plus aguerri cherche en vain à soutenir la retraite : à chacune de ses *entrées,* son archet scie vigoureusement la corde, sa voix vibrante énumère tous les temps de la mesure, mais peine inutile, *fuga fit cædes,* sauve qui peut général, et après avoir bien couru, on s'arrête enfin, tous les fronts ruissellent, toutes les poitrines sont haletantes.

— « Monsieur, me demande tout ingénûment la demoiselle de la maison, gracieuse jeune fille de quinze ans, est-ce que cette musique vous plaît ? Pour moi, elle ne m'amuse pas.

— » Ni moi non plus, assurément, Mademoiselle ; et j'ajouterai même que, le morceau serait-il convenablement su, il courrait encore la chance de nous ennuyer.

— » Quoi, Monsieur, dit la maman, pouvez-vous juger ainsi la musique classique, émettre de pareilles opinions en présence d'une enfant qui pourrait être votre élève ?

— » Je m'autorise bien vite, Madame, de l'épithète que vous venez de donner à mademoiselle votre fille, pour répéter une fois de plus que « la vérité sort de la bouche des enfants ». Puissiez-vous toujours, Mademoiselle, conserver la même franchise et exprimer toujours avec autant de sincérité l'effet que vous fait la musique que vous entendez !

— » Mais de mieux en mieux ! Croirait-on qu'un artiste, un professeur puisse tenir ce langage ? Le moment n'est pas opportun, mais je vous assigne demain pour deux heures. Des explications sont nécessaires.

— » Demain, à deux heures, comptez sur moi, Madame. »

A l'heure fixée, j'arrive. Madame est au salon, en compagnie du vaillant alto. Leurs fronts sont soucieux, leurs regards sombres : l'hérésie est en présence de l'orthodoxie.

— « Je crois, Madame, dis-je, que si vous êtes mon juge, Monsieur devra faire l'office de ministère public, et je ne vois pas le seul avocat qui aurait pu défendre ma cause.

— » L'avocat est à sa pension. Préparez bien vos arguments. Et tout d'abord, je trouve mal séant à un professeur de critiquer l'exécution d'un morceau que des amateurs lisent à première vue.

— » Permettez, Madame. Je sais fort bien que déchiffrer est synonyme de faire des fautes ou tout au moins de jouer l'œuvre sans nuances ou sans intelligence de son caractère ; mais je reconnais que ces messieurs ont exécuté le *scherzo* de leur mieux, et je vous rappelle mes propres expressions d'hier : j'ai dit que cette fugue serait-elle bien sue, elle m'ennuierait, et j'ajouterai : non seulement moi, mais encore d'autres.

— » Pourquoi ?

— » Parce qu'avant tout, j'ai le tort d'aimer la mélodie,

3

qu'il ne faut pas songer à trouver dans la fugue, résultat d'un froid calcul. Inventée, selon toute apparence, pour suppléer au défaut d'inspiration mélodique, elle donne au compositeur qui l'a étudiée suffisamment les moyens de noircir beaucoup de papier sans être obligé de faire la dépense d'un chant.

— » Mais dans tout morceau, il y a au moins un chant principal.

— » Un chant, Madame ! Parle-t-on de chant, de mélodie dans une fugue ? Ce genre de composition tout pédantesque n'admet que le mot *sujet* ou *contre-sujet*. Prenez quelques notes au hasard que vous mettrez l'une au bout de l'autre : cela suffit au musicien savant pour vous faire une *fugue* ; mais de chant point n'est question. Du reste, comme preuve, veuillez, Madame ou Monsieur, me citer le *chant* de votre *scherzo* d'hier.

— » Nous avouons que nous ne le pouvons ; mais peut-être y arriverions-nous avec le livre à la main.

— » Prenons donc le quatuor ; vous avez eu l'heureuse idée d'en acheter la partition, il sera facile, ayant toutes les parties simultanément sous les yeux, de faire l'analyse générale de l'œuvre. Nous trouvons tout d'abord un *sujet* ou *demande ;* suivi tout naturellement d'une *réponse ;* la réponse est à la *quarte,* aussi assigne-t-elle la distance de *quarte* à toutes les *imitations* qui vont se produire dans le courant de la *fugue.* Quant au *contre-sujet,* nous trouvons....

— » Ah ! par exemple, en voilà du *pédantesque !*

— » Je vous attendais là, Madame. Récapitulons : vous n'avez pu trouver dans cette fugue la moindre idée mélodique ; vous ne pouvez y admirer la beauté des accords, car le morceau, par son mouvement rapide, n'est qu'un *steeple-chase* à quatre, et une partie ne s'arrête guère sur un accord que juste le temps nécessaire pour reprendre haleine. En résumé, il est

très intéressant, très instructif pour l'harmoniste de prome-
ner son scalpel sur le corps de ce *scherzo* et de faire l'analyse anatomique de toutes ses parties. Mais pour des amateurs,
bon Dieu! pour des amateurs qui n'ont à chercher dans la
musique qu'une récréation, qu'y a-t-il donc dans une fugue?
Un sujet d'étude, peut-être ? une occasion de s'exercer à faire
de la musique d'ensemble difficile ? Mais alors, dans ce cas,
la séance doit avoir lieu à huis-clos. Pourquoi essayer de jouer
une telle œuvre en présence d'auditeurs?

— » Mais parce que c'est de la *musique classique*.

— » Je m'attendais à cette réponse. Il existe à Paris et
dans les grandes villes de France des sociétés d'artistes for-
mées dans le seul but de faire entendre de la musique classique ; mais elles savent faire la différence existant entre la
musique dite *de chambre* qui plaît à un public intelligent, et
cette musique toute de science que j'appellerai *musique d'é-
cole*, car elle ne peut servir qu'à l'instruction des artistes et
sera toujours pour la masse des amateurs un grimoire incom-
préhensible.

— » Comment osez-vous critiquer ainsi les œuvres des
grands maîtres ?

— » Mais je ne critique nullement ; je ne fais qu'assigner à
chaque genre de musique ses interprètes et ses auditeurs.
Soyons *classicophiles*, soit, mais non *classicomanes* ; et c'est
tomber dans ce défaut, à mon avis, que de vouloir jouer quand
même tout ce qui est classique, intelligible ou non. Que Beethoven dans son *Op. 59* nous ait laissé l'exemple d'*anticipa-
tions* le plus surprenant peut-être qui existe, cela importe
assez peu, je crois, à ces messieurs ; et cependant, voilà ce
qu'il y a de plus saillant dans une allegro qui ne brille certes
pas par les beautés mélodiques. Que, dans ce *Minuetto in
Canone* de Mozart, le violoncelle, entrant sur la fondamentale
de *neuvième mineure*, exécute à une mesure de différence en

retard la partie du premier violon, et fasse néanmoins *bonne basse* contre lui, voilà une chose réellement curieuse à lire sur la partition ; mais qu'y a-t-il pour l'auditeur ? une phrase musicale assez pauvre exécutée par le premier violon et accompagnée d'une façon plus que bizarre. Je pourrais encore, Madame, vous citer un *trio* de...

— » Oh ! de grâce, assez de technologie. Vous n'aimez pas véritablement la musique.

— » Je n'aime pas celle qui ne représente rien. La musique au théâtre fait corps avec la parole pour peindre toutes les passions du cœur humain ; s'idéalisant davantage dans les œuvres classiques de chambre ou de symphonie, elle se présente à nous, ou pleine de grâce naïve et de simplicité, ou de noblesse et de grandeur. Mais pour remplir ces différents buts, il lui faut avant tout la *mélodie*, le reste vient en seconde ligne. A quoi sert d'affubler du plus splendide vêtement harmonique une phrase plate et sans caractère ? A quoi ressemble donc un morceau où le chant ne domine pas ? à une riche confection recouvrant un mannequin à la devanture de la *Ville de Paris*.

— » Oh ! ceci dépasse les bornes ! Quand donc ces grands maîtres qui sont vos modèles cesseront-ils d'être le point de mire de votre audacieuse critique ?

— » Madame, Haydn, Mozart et Beethoven sont nos maîtres à tous ; mais ces grands hommes ont dû à leur nature humaine d'avoir des défaillances qu'il est permis maintenant de signaler, car Voltaire le disait avec raison : « On doit des égards aux vivants et l'on ne doit aux morts que la vérité. » Ces défaillances tiennent à bien des causes. Je suis certain que sainte Cécile a su faire donner à cet illustre trio la meilleure place de toutes dans le paradis des musiciens ; eh bien ! supposons un instant que nous autres mortels puissions poser des questions aux habitants de l'éternel séjour ; ceci admis, je demande à Haydn : — Maître, comment se fait-il qu'après avoir écrit des symphonies admirables, pleines de mélodie et de science tout à la fois, vous en ayez composé d'autres dans lesquelles on rencontre peu ou point de chant, et qui, à proprement parler, ne sont pas amusantes du tout ? — Mon petit ami, me répondrait le grand compositeur, vous l'avez facile à dire. Quand le prince Esterhazy me demandait de lui écrire une symphonie dans un très bref délai, vous admettrez que je ne pouvais refuser à mon protecteur chez qui j'étais si bien. Je me mettais de suite à la besogne et m'occupais tout d'abord à trouver un *sujet;* si j'étais bien disposé, la mélodie ne me faisait pas défaut, mais si quelque contrariété, quelque douleur, quelque accès de goutte me chagrinait, vous comprenez que la fraîcheur des idées devait s'en ressentir; cependant, il fallait obéir : je prenais le premier motif qui me venait, et comme vous le savez, on m'a reconnu un peu de facilité pour tourner, retourner et ramener une phrase; j'arrivais en fin de compte à achever mon œuvre.

— Et chez vous, divin Mozart, pourquoi à côté de sonates charmantes en trouve-t-on d'ennuyeuses par l'absence complète de la pensée mélodique?

— Que vous êtes bon ! Quand mes créanciers venaient me réclamer le paiement de dettes depuis longtemps arriérées, je courais bien vite chez un éditeur, et je lui disais : « Combien me paieriez-vous une sonate? — Tant. » Aussitôt, je rentrais chez moi, je prenais la plume et cherchais à avoir fini au plus vite, afin de faire cesser ces récriminations importunes en leur remettant les quelques florins qui devaient rémunérer mon travail.

» Beethoven aussi a payé sa dette à la faiblesse humaine. Sourd et infirme avant l'âge, souffrant d'embarras financiers, il n'a pu maintenir toutes ses compositions au même degré de valeur; la science profonde ne fait jamais défaut, mais, il faut

bien le dire, le feu de l'inspiration est quelquefois complète-
ment éteint. C'est ainsi qu'il y a peu de temps, un des premiers violoncellistes de Lille et moi étudiions concurremment
une sonate écrite par ce grand maître pour piano et violoncelle ; on dit que dans l'antiquité deux augures ne pouvaient
se regarder sans rire, mais du moins pouvaient-ils s'aimer et
s'estimer, tandis que deux musiciens ayant bien leurs deux
oreilles ne peuvent vraiment jouer la sonate dont je parle sans
avoir horreur l'un de l'autre : toutes les duretés possibles,
les rencontres les plus désagréables, les rythmes les plus con-
trariés et les plus bizarres sont accumulés dans cette œuvre
étrange. Beethoven semble avoir voulu porter un défi aux
musiciens. Si l'on ne savait quel est l'auteur, on croirait tout
d'abord entendre un pêle-mêle de notes incohérentes et jetées
au hasard sur le papier ; et pourtant non : lisez, analysez,
tout est bien dans les règles ; mais un élève d'harmonie qui
présenterait des choses de ce genre à son professeur serait
vertement blâmé de son peu de tact auditif et prié d'écrire à
l'avenir plus convenablement.

— » C'est donc une nouvelle édition des *Grands hommes en
robe de chambre* que vous nous donnez là ! Il ne manque plus
que nous faire assister à la préparation de leur pot-au-feu et
à tous les détails domestiques de leur vie privée. Je serais
curieuse, en vérité de savoir ce que le génie et l'inspiration
en musique ont de commun avec ces petites mesquineries
d'intérieur que vous nous dévoilez.

— » Madame, chez les grands musiciens comme chez les
petits, l'inspiration dépend, plus que vous ne le pensez, des
différentes conditions d'existence dans lesquelles ils se trou-
vent. Vous m'avez invité l'autre fois à venir respirer dans une
soirée intime ce parfum d'aménité qui embaume votre agréable intérieur ; en même temps que votre lettre, j'en recevais
une autre qui m'apprenait que mes parents et mes amis étaient

toujours heureux et en bonne santé; je me suis donc rendu chez vous l'esprit dégagé de toute préoccupation. A mon arrivée, je n'ai trouvé qu'un accueil cordial et des visages bienveillants; vous m'avez prié d'improviser au piano : mon inspiration a pu me fournir, si je me rappelle bien, une ouverture, une rêverie modérément mélancolique, un boléro et enfin une polka pour vous faire danser. Mais si, au sortir de chez moi, mon propriétaire m'avait durement réclamé un terme échu depuis longtemps, si j'avais rencontré sur mon chemin des créanciers me poursuivant de leurs menaces jusqu'à votre porte, si je n'avais vu dans votre salon que des envieux disposés d'avance à critiquer tout ce que j'aurais joué, croyez-vous que la source de la mélodie n'aurait pas été quelque peu obstruée? Vous n'en doutez pas, je pense! Eh bien! c'est cependant pour obéir sans retard à un ordre autocratique, ou pour payer des dettes arriérées, ou même pour avoir un misérable morceau de pain, que les plus grands compositeurs ont dû souvent prendre la plume, et les productions résultant de cette inspiration forcée, contrariée, ne peuvent réellement exciter qu'un enthousiasme de commande chez les amateurs qui les exécutent ou les entendent jouer.

— » Je vois avec peine que vous chercheriez volontiers à détacher la jeunesse studieuse des beautés solides de la musique classique.

— » Nullement, Madame. Je crois qu'un professeur ne doit avoir d'autre volonté que celle des parents de ses élèves. Qu'i! les bourre de classique, si tel est leur bon plaisir, mais aussi que sa conscience lui fasse un devoir de les renseigner sur la vraie route, quand ils paraissent ne pas la connaître, voilà mes idées à ce sujet. On fait apprendre la musique aux enfants un peu pour eux, pour leur agrément personnel, mais aussi pour autrui, car dès qu'ils sont en état de jouer un petit morceau, on se hâte de le faire entendre aux amis et connaissances. L'amateur est donc appelé comme l'artiste à avoir un public qui demande à être satisfait. Pour cela, choisissez un peu dans tous les styles; prenez de la musique de chambre, mais n'en prenez que de l'intelligible ; faites aussi un choix dans les œuvres modernes de nos compositeurs fantaisistes...

— » Oui, dans ces compositions insipides qui prétendent reproduire le chant de l'hirondelle, la chûte de la cascade, le bruit de la mer...

— » Retenez bien que je vous ai dit de choisir, de ne pas prendre au hasard. Et tenez, sans sortir de Lille, je vous citerai, en fait de musique imitative, « Sur mer », par M. Steinkühler, notre concitoyen : on ne saurait mieux rendre le clapottement de la vague contre les flancs du navire. Voilà une imitation de bon aloi, qui n'a rien d'outré et qui doit trouver sa place sur tous les pianos. En musique comme en littérature, notre époque a certainement vu éclore des œuvres creuses et insignifiantes, mais il y a des exceptions. Ne croyez-vous pas qu'une transcription d'opéra habilement faite, qu'un joli caprice d'Ascher ne sera pas mieux placé sous les doigts délicats d'une jeune fille qu'une vieille fugue toute scholastique, toute radoteuse?

» Tout pianiste doit aussi savoir faire danser. Cela n'est pas difficile : il ne faut qu'avoir une mesure bien carrée et un jeu ben marcato; mais encore faut-il le pouvoir.

— » On a pour cela des ménétriers.

— » Pas toujours. Dans les réceptions intimes, la maîtresse de maison remplit souvent ce rôle; elle aime avec raison être relayée dans cette corvée fatigante. Permettez-moi de vous citer à cet égard une petite anecdote. Je me trouvais, il n'y a pas longtemps, dans une petite ville renommée pour ses eaux thermales. Vous savez, Madame, la vie agréable qu'on mène aux eaux, à la condition de n'y être attiré que par une de ces bonnes petites maladies qui rendent simplement intéressant :

le matin, la colonne des baigneurs est réunie pour déjeuner à
la table d'hôte, colonie de gens de tout âge, de toute condition, plus ou moins souffrants ; chacun s'informe avec intérêt
à ses voisins de l'état de leur santé, du degré d'acuité de leurs
douleurs et de l'effet produit par le bain ou la douche prise au
point du jour ; puis on convient de l'emploi qu'on fera de la
journée. Des affiches ornées de gravures placardées aux murs
de la salle indiquent les sites les plus pittoresques des envi-
rons : on choisit un but ; les bons marcheurs saisissent le traditionnel bâton du touriste, on loue des calèches pour les in-
valides, et quelques ânes pour le plus grand amusement des
dames et de la jeunesse. Que de culbutes ! que d'éclats de rire !
Un jour même, une de ces entêtées montures entraîna et bien
malgré elle sa cavalière dans un cabaret rempli de buveurs.
Voyez-vous les gens se levant précipitamment, le verre à la
main, et ne sachant où se réfugier pour éviter les ruades
d'Aliboron. Mais enfin, on arrive à destination ; on s'assied sur
le gazon de la clairière, on y joue aux petits jeux innocents,
des ravitailleurs de bonne volonté vont chercher du laitage et
des fruits à la ferme voisine, les gens posés et rassis s'enfon-
cent dans le bois pour pêcher les truites et les écrevisses qui
abondent dans le ruisseau ; souvent un amateur de trompe
de chasse fait retentir les échos de la feuillée ; puis on revient
tout gaîment, à petit pas, en causant, pour l'heure du dîner.

» Nous comptions parmi nous un certain nombre de musi-
ciennes ; aussi, le repas fini, on organisait dans le salon un
concert qu'on faisait suivre d'un bal auquel prenait part tout
le personnel ingambe de la colonie. Rien de plus agréable que
ces soirées intimes qui réunissent tous les âges et où ne règne
d'autre étiquette que la simple politesse. Malheureusement, un
nuage venait assombrir le tableau : Parmi nos virtuoses se
trouvait une demoiselle qui interprétait avec succès la sonate
et le rêveur Chopin, mais qui n'entendait goutte à la musique

de danse; confondant les temps faibles avec les temps forts, changeant à chaque instant de mouvement, elle jetait le désarroi parmi les danseurs; aussi les mines s'allongeaient-elles quand on la voyait se mettre au piano. On en était même arrivé au point de ne plus voir approcher qu'avec terreur le moment du bal, et des jeunes gens exaspérés parlaient de renoncer à la danse pour aller s'asseoir à la table de jeu avec les goutteux et les paralytiques, quand l'un de nous émit l'ingénieuse idée d'engager à l'avance Mademoiselle X à danser pour toute la soirée. A peine un quadrille était-il terminé que vite trois ou quatre danseurs se précipitaient pour obtenir la mazurka ou la polka suivante, et c'était réellement plaisir de voir l'enchantement peint sur les traits de la bonne mère par la recherche assidue dont sa fille était l'objet. Les choses durèrent ainsi pendant quelques jours, nous étions tous dans le ravissement; mais je ne sais par quelle indiscrétion la supercherie fut découverte, et les deux dames, confuses et humiliées, se firent servir dans leur appartement et ne reparurent plus au salon.

» J'en resterai là pour aujourd'hui, Madame. Tout ce que je pourrais ajouter reviendrait à dire que la musique, selon moi, doit être pour l'amateur une récréation à la fois utile et agréable...

— » Chut!.. j'entends ma fille qui rentre... Parlez d'autres choses.

— » Respectez ses oreilles, me dit gravement l'alto taciturne.

— » Quelle déception pour moi qui me flattais de vous convertir!

— » *Non possumus.* »

Les amateurs de musique classique à Lille peuvent être divisés en deux camps bien distincts : d'abord, les admirateurs exclusifs de la musique ancienne, qui, après avoir été jadis

les valeureux champions de l'art en sont aujourd'hui les vété-
rans émérites; puis les partisans de la musique moderne.
Parlez-leur de Beethoven et des compositeurs plus récents,
tels que Fesca, Mayseder, Onslow, Mendelsohn ou de Reis-
siger. Mais de Boccherini? « C'est une *vieille perruque!* » et
Mozart? « Je vous avoue que je le trouve *oreux* », me disait
dernièrement un des plus solides violonistes amateurs de cette
ville; et Haydn? « *Vieillot, démodé* »; et Pleyel, Kozeluch,
Rasetti, si souvent aimables? « *Vieilleries, vieilleries!* »

Ils serait fastidieux de suivre les musiciens dans la passion
qu'ils ont pour tel auteur préférablement à tout autre. C'est
ainsi que certains amateurs exprimeront pour R. Schumann
l'enthousiasme le plus ardent, le plus exclusif, et consacreront
tous leurs loisirs à l'interprétation de cette *nébuleuse* musique
qui s'explique souvent par l'état d'aliénation mentale de
l'auteur.

On goûte peu ici les compositeurs pour la chambre actuellement existants. Et cependant, quoi de plus charmant que la
musique de Félicien David, aussi descriptive que la peinture?
quoi de plus clair que les *trios, quatuors* et *quintettes* d'Ad.
Blanc? Je ne sache pas qu'on connaisse à Lille les dernières
œuvres classiques de M. Fétis : ce n'est pas qu'elles soient re-
marquables par la mélodie, mais on me paraît dans certains
cercles tenir assez peu à cette qualité pour accorder au moins
de l'estime aux savantes compositions du musicien le plus
érudit de notre époque.

CHAPITRE VIII.

La Musique dans les soirées particulières.

Tout d'abord, il faut citer les petits concerts organisés par les membres seuls de la famille. On les a souvent critiqués : les morceaux exécutés ne sont pas des chefs-d'œuvre, le père n'y voit plus guère, malgré ses lunettes, et joue quelquefois à côté de la note, le frère est bien étourdi, il lui arrive parfois de croquer un temps, et la sœur barbote tant soit peu dans les traits rapides. Malgré les accrocs dont se rendent coupables mes bons amis X... et les amateurs de leur force, ma critique respecte leurs réunions : elles retiennent la jeunesse trop souvent portée à dédaigner les pures jouis-

sances de la famille pour aller chercher au dehors de dange-
reux amusements suivis d'amères déceptions.

Dans d'autres maisons, on invitera quelques artistes et
quelques amis amateurs; on y entendra un trio ou un quatuor classique bien choisi, du chant, des *soli* originaux ou sur
des motifs d'opéra; en un mot, le programme satisfera à cette
condition indispensable, la *variété*.

Un divertissement musical assez usité consiste à réunir
quelques chanteurs pour exécuter un opéra avec accompagnement de piano. Dès mon arrivée ici, je fus invité à une
soirée de ce genre.

— J'accepterais volontiers, répondis-je, si j'étais chanteur.

— Mais vous pouvez solfier la partie; dispensez-vous des
paroles, si cela vous gêne. Notre but est avant tout de reproduire l'harmonie de l'auteur.

— Cela est possible; mais vous me donnez un rôle de ténor
et je n'ai qu'une basse très restreinte.

— Allez toujours !

Force me fut de suppléer par la voix de tête au peu d'étendue du registre de poitrine; mais au bout de quelques morceaux, cet exercice devenait très fatigant, et j'en fis l'obser-
vation.

— Nous ne voulons pas votre mort; asseyez-vous devant
cet harmonium et jouez-y votre partie.

L'opéra entrepris était une de ces œuvres de l'ancien réper-
toire pour l'interprétation desquelles les indications de mouvement ne suffisent pas toujours aux jeunes musiciens; mais
le maître de la maison tenait le piano : contemporain de
l'œuvre, il en avait conservé la *tradition*, et moitié chantant
moitié jouant, nous arrivâmes au bout de notre opéra.

Un de mes honorables co-sociétaires du Cercle du Nord con-
voque chez lui quelques amateurs pour exécuter des opéras
entiers réduits pour deux violons, alto et violoncelle. « Mon-

sieur, j'aime beaucoup ce genre de musique, me disait-il dernièrement ; ces anciens opéras de Boïeldieu et d'Auber ont bercé mon enfance et charmé ma jeunesse ; ils me rappellent les plus heureux jours de ma vie. Dès que je fut agréé pour gendre, mes beaux-parents futurs m'admirent à venir passer la soirée du dimanche avec ma fiancée ; voici le *cantabile* que je soupirais, voici la romance que j'aimais lui entendre chanter, vous voyez là le duo par lequel nous terminions invariablement la soirée. Eh bien ! Monsieur j'ai en dessous de moi un voisin qui s'imagine être un second Servais parce qu'il râcle du violoncelle et qui tourne en ridicule nos quatuors d'opéras ; croiriez-vous qu'il a fait mettre la séance de musique classique de M.*** le même jour que la mienne, afin, et il le dit hautement, de ne pas nous entendre ? Quand j'étudie ma partie, je l'entends fermer sa porte avec bruit et descendre les escaliers comme si quelqu'un le poursuivait. Vous êtes fou, m'a-t-il dit un jour, de vouloir rendre avec quatre instruments ce qui a été écrit pour des chanteurs et un orchestre complet. » Le malheureux ! Je crois que Mozart et Haydn n'auraient jamais laissé voir le jour à leurs œuvres s'ils avaient pu penser avoir un tel interprète.

Un amateur d'instruments à clavier, frappé des beautés que renferment certaines œuvres classiques pour instruments à cordes, a eu l'ingénieuse idée de les transcrire et de les exécuter sur le piano et l'harmonium ; mais les virtuoses de l'archet protestent énergiquement contre ce qu'ils appellent un abus. A leur avis, c'est tronquer, défigurer le morceau. « Despote, tyran musical, répondent les musiciens du clavier. Il est certain qu'il vaut toujours mieux que la pensée de l'auteur soit rendue par les instruments qu'il a choisis. Cependant, Beethoven et plusieurs autres compositeurs ont fait pour eux-mêmes exception à cette règle en arrangeant pour piano, violon, alto et violoncelle des œuvres qu'ils avaient primitivement écrites pour piano et instruments à vent en bois et en cuivre. Ces œuvres n'avaient qu'a perdre à ce changement à cause de l'uniformité de timbre des instruments à archet ; mais les grands maîtres ont prouvé par là que le beau est toujours le beau partout et que l'intérêt offert par la musique classique réside plutôt dans les combinaisons harmoniques que dans le choix des instruments. »

La comédie dans quelques salons, l'opéra et la poésie chez un de nos riches financiers, contribuent avec la musique au charme de la réunion. La danse même apporte quelquefois son contingent. Mais là je m'arrêterai, car je sortirais de mon cadre tout musical.

CHAPITRE IX.

De quelques célébrités musicales lilloises.

Mon intention n'est pas de faire la biographie de tous les artistes de talent qui abondent à Lille ; je veux seulement citer quelques noms dont la réputation s'est étendue bien au-delà de cette ville, tels que celui de M. E. de Coussemaker. Ce musicien érudit est auteur d'un certain nombre d'ouvrages relatifs à l'art musical ; mais son *Histoire de l'Harmonie au moyen-âge* surtout, le place au premier rang des écrivains qui se sont occupés de la musique au point de vue de l'archéologie.

Habitant la résidence de l'auteur, j'ai tenu à lui apporter mon tribut d'admiration pour son beau travail. Mais le savant modeste ne veut voir dans son œuvre que le résultat de la patience nécessaire pour chercher, recueillir et classifier des

documents épars de tous côtés. Combien d'écrivains l'ont eue,
cette patience ? Il existe bien des volumes sur l'harmonie
usitée de nos jours, mais très peu relativement nous rappellent ce qu'était autrefois la science harmonique, avant les
changements qu'elle a dû subir par la loi des temps, et pour
traiter ce sujet, il fallait posséder, indépendamment d'une instruction musicale complète, des connaissances littéraires et
linguistiques qui manquent à beaucoup de musiciens.

M. L. Danel doit être considéré à Lille comme le patriar-
che de la musique. Combien d'artistes aujourd'hui fêtés et
applaudis ont dû en grande partie leurs succès à sa protection
bienveillante et éclairée. Quels que soient les liens particu-
liers de reconnaissance qui m'unissent à M. Danel, je n'ai ici
qu'à faire la constatation toute impartiale des succès obtenus
par la *Méthode simplifiée de musique vocale.* Organisant des
cours en France et à l'étranger, offrant gratuitement les mé-
thodes, faisant les frais du traitement des professeurs, excitant
leur zèle par de fréquentes inspections, que ni la distance ni
son grand âge ne peuvent l'empêcher d'entreprendre, le cou-
rageux et désintéressé vulgarisateur de la musique vocale
voit actuellement sa méthode pratiquée et goûtée à Paris, à
Bruxelles, à Douai et dans plusieurs localités environnantes ;
par ses soins et à ses frais, des cours pour les deux sexes sont
tenus à Lille par d'habiles professeurs, et tout dernièrement,
les élèves du cours féminin ont prouvé victorieusement les
avantages de la rapidité du système en exécutant dans le salon du maître, en présence de leurs familles et de quelques
rares privilégiés un petit opéra-comique appris en très peu
de jours.

MM. Danel, de Coussemaker et leurs œuvres ont été l'objet
de notices très détaillées dans la *Biographie universelle des
musiciens,* de M. Fétis.

La méthode a trouvé un ingénieux corollaire dans les

Lettres harmonieuses de M. Ch. de Franciosi, savant polygraphe dont la plume universelle a traité tous les genres de littérature avec un égal succès. L'auteur s'est appliqué à donner à l'énonciation des règles des formes assez claires pour qu'une mère de famille puisse apprendre elle-même la musique à ses enfants, qui eux aussi, au bout d'un certain temps, deviennent en état d'être professeurs. Ainsi se trouve résolu en musique vocale le problème de l'enseignement mutuel.

De même qu'on ne peut clore plus agréablement une soirée musicale que par les chansons de M. Desrousseaux, de même aussi je ne crois pas pouvoir mieux finir ce petit livre, qu'en citant le nom si cher aux Lillois de leur Jasmin, de leur poète bien-aimé. Il faudrait un livre spécial rien que pour citer les noms des *Chansons et Pasquilles*, qui, à l'heure qu'il est, ne forment pas moins de quatre volumes. On ne saurait s'imaginer dans combien de numéros de journaux elles ont été citées, et combien de lettres de félicitations et d'autographes précieux elles ont valu à l'auteur, qui a réuni ces preuves éclatantes de succès dans plusieurs énormes in-folio dont le nombre ne fera qu'augmenter par ses triomphes futurs. Les corps de musique en garnison à Lille en ont fait leurs meilleurs pas-redoublés, les autres régiments qui les ont entendus ont voulu aussi les avoir, et il s'ensuit qu'il n'est peut-être pas une partie du monde où le drapeau français a été déployé qui n'ait retenti des airs de Desrousseaux. Je les ai, pour ma part, entendus applaudir en Suisse, dans un canton où l'on parle autant allemand que français. Mais cette musique a des allures si franchement bouffonnes, si naturellement plaisantes, que, ne comprît-on pas toujours les paroles, elle a le pouvoir de transporter d'hilarité tous les auditeurs.

Ch. PILARD.

www.ingramcontent.com/pod-product-compliance
Lightning Source LLC
Chambersburg PA
CBHW061700180626
46818CB00003B/1179